# MENTES ADOLESCENTES

# Relatos

2º BACHILLERATO DE ARTES 2023/2024

IES FRANCISCO GINER DE LOS RÍOS

ALCOBENDAS - MADRID

© Obra: Mentes adolescentes

Primera edición: Febrero, 2024

© Autor: VV.AA

2º Bachillerato de Artes 2023/2024
IES Francisco Giner de los Ríos
Alcobendas - Madrid


ISBN: 978-84-10040-31-1
Depósito Legal: M-4086-2024

Maquetación: Pepa Hidalgo
Cubierta: Jorge Mateos Enrich

© Editado por LIBER FACTORY www.liberfactory.com

Gestión, promoción y distribución: Grupo Editor Vision Net S.L.
C./ San Ildefonso 17, local, 28012 Madrid. España.
Tlf: 0034 91 3117696 // Email: pedidos@visionnet.es
www.visionnet-libros.com

Disponible en librerías físicas y online.

# ÍNDICE

# PRÓLOGO

*Tienes en tus manos el libro de relatos que ha autoeditado el alumnado del IES Francisco Giner de los Ríos de la promoción 2023-2024 del 2º curso de Bachillerato de Artes.*

*Tras escribir en la intimidad han compartido sus historias en clase para mejorarlas en grupo y han trabajado en equipo para darles forma de libro y que tengas acceso a sus «Mentes adolescentes», donde pasarás por diferentes temáticas y muchos sentimientos.*

*Gracias al Ayuntamiento de Alcobendas a través de la Concejalía de Cultura, en concreto, al programa de Animación de las Mediatecas; a la ilustradora Violeta Cano, capaz de conectar con el alumnado y transmitir el lenguaje de la ilustración; al IES Francisco Giner de los Ríos y al profesor de Fundamento Artístico*

*Jorge Mateos Enrich, quien se ha implicado en el proyecto de crear este libro como si fuera propio y destaca que «la materia prima la ha puesto este grupo adolescente, nuestro alumnado, nuestro futuro, sorprendiéndose del brillante final que han conseguido con su esfuerzo, el cual les ha llevado a crecer un poco más y dar otro paso hacia la madurez».*

*Gracias María Luna, Carolyne, Franyeli, Ahinara, Irene, Yeray, Nayra, Santiago, Dara, Irina, Alfredo, Lucía, Marina, Sara y Claudia por compartir vuestras «Mentes adolescentes».*

*Esperamos que disfrutes de esta lectura tanto como lo hemos hecho al crearlo y, como dice Jorge: «aprecies el trabajo realizado y, por qué no, te estremezcas con su contenido».*

*Pepa Hidalgo*

# ALMAS SEPARADAS

En la inmensa dimensión donde los recuerdos de la memoria se disuelven y cada ser ha deambulado sin retener recuerdos, dos almas se entrelazaban en la penumbra del olvido. Unidas por hilos invisibles y separadas al nacer por fuerzas extraordinarias, aunque surgieron en extremos opuestos del mundo, una sutil conexión las mantenía unidas A lo largo de sus vidas en el mundo material, compartieron la triste sensación de un vacío profundo y la pérdida de una parte fundamental de sí mismas. Cada una, ajena al destino que las aguardaba, buscaron en sus respectivos mundos, anhelando recuperar lo que el tiempo y la distancia les habían arrebatado.

Los años pasaron sin revelar la plenitud anhelada hasta que, un día, una de estas almas experimentó un accidente fatídico en el mundo terrenal. Dejando así su cuerpo material, elevándose hacia el reino inmaterial, donde se encuentran todas las almas, guardó con paciencia el reencuentro con su otra mitad y la restauración de la unidad perdida.

La otra alma pudo percibir una profunda pérdida, experimentó una conmoción al sentir la extraña sensación de perder algo o alguien de gran valor. El tiempo continuó su marcha, su ser material se desgastaba y envejecía lentamente. Cuando el cuerpo ya no daba más de sí tocó su fin, se despidió con melancolía de aquellos con los que compartió aquella vida y se dispuso a abandonar su forma terrenal. El momento de ir al Mundo de las Ideas llegó, donde su alma quedó en pausa, a la espera de regresar al mundo material en el momento adecuado.

En la penumbra del reino inmaterial, finalmente se produjo el anhelado reencuentro de estas almas, cada una siendo la pieza que falta de la otra. Unidas finalmente, decidieron descender juntas a la Tierra, eligiendo como destino un campo donde la sombra de los árboles se entrelaza con la hierba y las flores crecen sin ser perturbadas. Un lugar donde los trinos de los pájaros acompañan el día, el sol calienta el ambiente disipando la niebla mañanera y el susurro del río y los animales del campo se convierten en la melodía constante del entorno. En este idílico escenario, decidieron vivir y escribir un nuevo capítulo, vivir lo que se les había arrebatado previamente y poder compartir el resto de sus días en fusión espiritual.

Dedicado a mi profesor de filosofía Manuel.

*A pesar de no aprobar su examen ha hecho que me enamore de esta teoría de Platón.*

Ainhara Calleja Flores

# AQUEL DÍA...
## EL COMIENZO DEL FIN...

Aquel día parecía no haber acontecido nada fuera de lo habitual, era como cualquier otro, la cotidianidad y monotonía de las calles sólo hacían más aburrido pasar por ese pavimento ya desgastado y rodeado de edificaciones de acero gigantes, sin saber muy bien qué rumbo tomar, y que el tiempo pasar más y más lento.

Cuando llegaba a trabajar a la oficina, el simple hecho de esperar un par de segundos para llegar a mi piso del edificio en el elevador me aligeraba la carga, era un mínimo momento de reflexión antes de empezar la jornada y al llegar sólo me dirigía a mi cubículo y me ponía a trabajar. Mirar por la ventana y contemplar el mundo capitalista a mis pies me hacía recabar en mis pensamientos: ¿Y si hubiera algo más que estar encerrado aquí toda la vida trabajando para gente que no sabe que existimos?

Para bien o para mal, esa incógnita que sólo me provocaba ansiedad e incertidumbre se contestaría por sí sola en ese fatídico y frío día. El destello fue tan potente como para iluminar la noche más oscura. No tenía ni idea de qué era aquello, pensé que solo era.... Ni siquiera supe qué podría haber sido, únicamente logré girar la vista un momento al cristal y despegar los ojos del ordenador cuando ya la luz empezaba a ser más potente y molesta, pero en ese momento observé una gigantesca nube radiactiva, logré verla por un par de segundos antes que todos mis sentidos se detuvieran en seco y mi cerebro logró arrojar un mero pensamiento: ¿es este el fin?

Para cuando volví en mí mismo, escuchaba llantos y gritos de desesperación y, antes de que todo el mundo intentara inútilmente abandonar el edificio y así intentar salvarse, una parte de mi decía que corriera y otra decía que sólo aceptara mi destino por acontecimientos inciertos y que mi mente no termina de asimilar.

Mac, un buen amigo en la oficina, tomó fuerte mi brazo y jalando con fuerza me llevó junto a todos a las escaleras de emergencia, con rapidez bajamos hasta la planta baja. Ahí, antes de que la onda expansiva nos alcanzara a todos, bajamos a un búnker subterráneo que llevaba ahí ya buen tiempo; el antiguo jefe de la compañía en su senilidad y paranoia parecía no haber perdido razón, junto a la puerta había una llave de emergencia para una ocasión tan inusual como está. Rápidamente entramos. Bien por casualidad o que la suerte estaba de nuestro lado, pero llegamos justo a tiempo a aquella fortificación subterránea.

El pequeño grupo que quedaba entró por esa puerta y nos dirigimos todos a la bóveda enorme de contención al fondo de un corto pasillo. Al pararnos frente a él, el estruendo de la explosión retumbó en las vigas y muros que parecían tambalear ante tal potencia de fuego, aquello solo podía ser igualado por un terremoto. Todos caímos al suelo a causa de esto y la onda expansiva llegó acompañada del fuerte sonido de la detonación, que retumbaba en los tímpanos. Por suerte, justo antes de cualquier otra cosa, la bóveda terminó de abrirse y entramos. Una vez dentro, rápidamente cerramos la puerta de la bóveda y nos detuvimos a respirar y entender detalladamente la situación. Dentro de ese enorme cuarto quedamos trece personas de las más de cuarenta que trabajaban en mi departamento y de las más de ochocientas que trabajaban en el edificio. Ante está calamidad muchos quedamos en shock, pensábamos en familiares y amigos, en el desconocimiento de si todo esto ya había acabado o si ese pensamiento que cruzó mi mente hace unos escasos minutos era cierto: este es el comienzo del fin.

Unos minutos después nos adentramos más en el bunker y encontramos una sala con provisiones para un par de semanas y herramientas para mantenimiento. No era gran cosa, el jefe de la compañía dedicó poco tiempo a la construcción de ese sitio.

Mientras rebuscamos y agrupamos los recursos que teníamos nos vimos superados por los hechos, algunos lloraban y otros gritaban… yo únicamente pensaba: cuándo acabara esta pesadilla…

Santiago Muscolino Santiago

# CIELO

Siempre había esperado que el cielo pudiera hacer milagros. Habitaba en él y, ahora, con un apegado cansancio, hacía que se conmoviera con lo que vivía.

Había un pronunciado eco en su mente, todos los días retumbaban palabras sin esfuerzo.

—¿Por qué la Tierra es así? ¿Qué dicta en realidad este universo? —se preguntaba.

Estaba otra vez allí. El tiempo ahora sólo era día y noche y, sin desearlo, tenía la necesidad de dormir. Arropó sus pies bajo la gélida nieve, la temperatura hacía que temblará, sin embargo, no alejó del lago sus agotados ojos y entró en un profundo esperar a que alguien la salvara.

Si el destino aguardaba, podría tener la respuesta de su aldea ante las llamadas «calles» que había visto entre un campo azul donde concebía los abrazos del sol, ahora sabía qué era el desapegarse del regazo de quien te acompañaba. Cómo aguantó toda nube tocando su cuerpo, alejándose de ellas. El inoportuno acuerdo que la llevó a despegar. Sí, ella volaba, pero ahora sus alas la rodeaban asustada a la espera de su amado hogar.

—Cuando no estés todo seguirá siendo mágico, puesto que, a pesar de tu ida, sabes que eres un ángel. —Cerró su discurso antes de abrazar a la inquietud presentada en la muchacha.

Dara Martínez Lozano

## COMODIDAD

Bendita la sensación de cruzar el umbral y cerrar la puerta tras tus pies, liberarte de tu abrigo, de los zapatos, la mochila y, al tumbarte en ese sofá al que estás acostumbrado tras tantos años, tu cuerpo deja de ser tuyo, esa fatiga que te dominaba se desvanece y, tras unos segundos con los ojos cerrados, eres capaz de oler ese café recién hecho por tu madre antes de que saliera de casa que te impulsa a levantarte y dirigirte a la cocina, lo viertes de la cafetera a la taza mientras que el calor humeante roza la piel de tu cara, tus manos absorben la temperatura que emana de la porcelana y, con cada sorbo, la punta de tu nariz helada recupera su color rosado.

Decides continuar con tu *chill out* y mejorarlo poniendo tu canción favorita, te conectas en armonía con la letra interrumpiéndola de vez en cuando para darle sorbos a tu café y, tan pronto como llega tu parte favorita, te preparas para cantarla a todo pulmón, pero, como un estallido, te llega la inspiración. Sin parar la música vas directo a tu cuarto y coges esa bolsa que contiene todo lo que necesitas para comenzar otro de tus proyectos con acrílico, como los que has estado haciendo a lo largo de los últimos años, ese momento en el que reúnes todo ese material coleccionado con el tiempo como pinceles, botes y trapos, todo aquello que te trae recuerdos de horas tras horas dejándote llevar por la imaginación que se diluyen como la pintura de un pincel manchado sumergido en agua. Ese momento en el que agarras la paleta y comienzas a experimentar, a crear tonalidades mezclando colores, ver como ese lienzo en blanco toma forma con cada trazo, pincelada, línea y punto. Cuando terminas tienes la sensación de haber despertado de un profundo trance, el sol que antes se situaba en lo más alto del cielo indicando las cinco ha sido sustituido por la luna creciente, ese material que organizaste se encuentra disperso por la mesa y tus manos, junto a la ropa, van a necesitar un profundo lavado.

Tras todo ello el cuerpo se llena de una satisfacción incomparable, tras tanto tiempo encorvado y centrado en tu dibujo levantas la mirada, estiras la espalda notando cada vértebra recolocándose, inhalas el suficiente aire para llenar tus pulmones como si emergieses del fondo del mar y lo sueltas por la boca con el peso de las horas que llevas en los hombros, tus dedos encorvados y rígidos se estiran, con ello las articulaciones crujen al volver a su posición inicial, te levantas de la silla y tus piernas se alinean de nuevo con tu cadera e imitando la habitual postura parental tras un duro día de trabajo, colocas las manos en las lumbares, inclinando tu espalda y hombros hacia atrás, a la par que esbozas una mueca de molestia.

Todo este ritual, a lo largo de lo que llevo de vida, lo consideré un *hobby* al que, dedicándole tiempo, sentí que me daba vida, que me hacía sentir completo y que pertenecía a mi rutina diaria, de esta forma convertí el arte en mi zona de confort, mi refugio y mi píldora de felicidad.

Esta importancia que le doy arraiga en la galería de mi memoria en la que habitan, guardados con cariño, los recuerdos con mi madre haciendo manualidades con arcilla, papiroflexia, acuarela y todo tipo de actividades artísticas que pueden tener entretenido a un niño de cinco años.

Irene de Blas Carrasco

# EL AÑO

Si sumamos las cifras de 2023 nos da siete, símbolo de la suerte.

No ha sido un mal año ya que me ha enseñado cosas como dar lo que sientes, pero también lo que recibes, porque no vas a estar sacando tiempo para una persona que tú de verdad quieres, pero ella no saca tiempo para ti y no se preocupa por cómo estás de verdad; que pedir ayuda si la necesitas no es malo ni te hace vulnerable, de hecho, es un acto de valentía, como cuando no entiendes algo, pero por pena prefieres hacerlo mal a que piensen que eres tonto. También me ha enseñado a disfrutar los pequeños momentos, porque el presente se hace pasado y lo que es hoy ya es ayer. Me ha demostrado que hay personas que apagan tu ser, te consumen, y que la mejor solución es sacarlas de tu vida.

Y una lección que debemos apuntar es que la gente es pasajera, la vida es un tren que por cada parada unos suben y otros bajan del tren. ¿Cuánta gente ha pasado por nuestra vida? Sin duda mucha.

Este año ha sido un pasillo donde muchas puertas se cerraron y otras se abrieron, en especial se abrió una puerta que me lleva a los primeros objetivos que tengo para mí plan de futuro esperado. Ahora sólo es esfuerzo, constancia y estar preparado para caer y levantarme.

Carolyne Geraldo Fabian

# EL LEGADO DE ELÍAS

En un pequeño pueblo rodeado por colinas cubiertas de bosques vivía un anciano llamado Elías. Era conocido por todos como el guardián de los secretos, ya que se decía que poseía conocimientos antiguos transmitidos de generación en generación en su familia. Su casa, ubicada en la periferia del pueblo, estaba rodeada por un jardín lleno de hierbas aromáticas y flores coloridas.

Un día, un joven curioso llamado Martín decidió visitar a Elías en busca de respuestas. Martín había escuchado historias sobre el anciano y estaba intrigado por la posibilidad de aprender algo nuevo. Al llegar a la puerta de la casa de Elías sintió una mezcla de emoción y nerviosismo. El anciano recibió a Martín con una sonrisa amable y lo invitó a pasar. El interior de la casa estaba lleno de libros antiguos, mapas desgastados y objetos curiosos. Elías ofreció a Martín una taza de té mientras se sentaban frente a la chimenea. Martín comenzó a hacer preguntas sobre los secretos que se decía que Elías conocía. El anciano asintió con paciencia y comenzó a contarle la historia de un antiguo arte perdido: la alquimia de los sueños. Según Elías, esta práctica permitía a las personas explorar y dar forma a sus propios sueños, convirtiéndolos en realidades palpables. Intrigado, Martín escuchó atentamente mientras Elías compartía conocimientos sobre hierbas místicas, rituales nocturnos y la conexión entre el mundo de los sueños y la realidad. El joven se dejó llevar por la magia de las palabras del anciano imaginando un universo donde los sueños no eran solo experiencias efímeras de la noche, sino puertas hacia posibilidades infinitas. Elías le entregó a Martín un antiguo libro encuadernado en cuero, lleno de ilustraciones detalladas y fórmulas misteriosas. Le incitó a explorar el arte de la alquimia de los sueños por sí mismo recordándole que el conocimiento verdadero sólo se adquiere a través de la experiencia. Martín regresó a su hogar con el libro en mano, ansioso por comenzar su propia aventura en el mundo de los sueños. No pasó mucho tiempo antes de que se sumergiera en el estudio de las antiguas enseñanzas de Elías recolectando hierbas, preparando rituales y abriendo las puertas de su mente a dimensiones desconocidas.

Con el tiempo, Martín comenzó a experimentar cambios en su vida diurna a medida que sus sueños se manifestaban de maneras sorprendentes. El pequeño pueblo se llenó de un aura mágica, y la gente empezó a notar la transformación en Martín, quien se convirtió en un guía para aquellos que buscaban descubrir los secretos de sus propios sueños.

Así, el legado de Elías vivió a través de Martín, quien compartió la magia de la alquimia de los sueños con generaciones futuras, recordando siempre la importancia de explorar los rincones más profundos de la mente y permitir que los sueños se conviertan en la fuerza que da forma a la realidad.

Alfredo Millán Castellanos

# ELLA

Ahí me encuentro de nuevo, mirando mi reflejo con escasa ropa, con un rostro serio, hasta que una voz femenina me hace conectar de nuevo con el mundo, es mi madre, quiere que baje a cenar. Me pongo mi pijama de invierno, esos que acarician tu cuerpo con el algodón haciéndote sentir como abrazada por una manta, y bajo rápidamente las escaleras mientras percibo ese olor tan intenso que casi me hace saborear el pollo al curry; mi favorito. Me siento frente a mi plato y empezamos a cenar. Mi hermano ya ha terminado. Mi padre termina más tarde. Ya sólo quedamos en la mesa mi madre y yo. Ella está alargando su cena a propósito, no quiere dejarme ahí sola en la mesa, pero yo hoy no quiero cenar.

—Sí, mamá, sé que es mi favorito, pero hoy no tengo mucha hambre.

Subo las escaleras sin dar ninguna explicación más, dejando escuchar los crujidos de la madera a cada escalón que piso. Me tumbo en mi cama mirando al techo, siento una presión en la boca del estómago, como si me estuvieran apretando con la mano, podría ser por el hambre que tengo o, tal vez, tengan que ver todos los pensamientos que están pasando ahora mismo por mi cabeza. Otra noche más igual, cada vez pasan más cosas por mi cabeza y me empiezo a marear.

Son las dos y media, por fin llego a mi casa después de seis largas horas en esa cárcel haciendo Matemáticas. Tiro mi mochila al suelo y dejo mis llaves en la mesa, da miedo lo silencioso que está mi salón. Estoy sentada viendo la tele, pero escucho gruñidos procedentes de mi estómago desde hace una hora, los cuales intento ignorar. Finalmente, me levanto, abro la nevera y veo el pollo al curry de la otra noche. Sólo han pasado dos días; estará bien. Pruebo un poco de aquel pollo que deja en mi boca ese sabor penetrante e intenso del curry y comienzo a comer más, y más... Parece que cuando estoy comiendo mi cabeza no piensa en nada.

En el baño empiezo a cepillar mis dientes mientras tarareo tranquila. Al levantar la cabeza miro mi reflejo. Creo que tengo la cara demasiado redondita ¿verdad? ¿Y estas mejillas tan rellenitas? En este espejo no puedo ver bien todas mis imperfecciones así que salgo del baño. Ahora sí; bajo mis ojos y los voy subiendo poco a poco, tal vez no debí comer todo eso... Mis ojos empiezan a verse brillantes y cristalinos y una gota rueda por mi mejilla. La historia de todos los días se repite sin ser capaz de creer todas esas cosas buenas de las que la gente me intenta convencer y, de una manera o de otra, mi cabeza siempre me gana y así nunca conseguiré verme bien.

Ya es verano. Llevo algunos meses relacionándome con una chica de mi clase. Cuando estamos juntas parece como si mi mente se despejase, es una de esas personas con las que te duelen la barriga y la boca de tanto reír si estás un rato con ella.

Poco a poco se gana mi confianza y puedo contarle a alguien mi problema por primera vez; tal vez eso era lo que tenía que hacer para mejorar. Cada vez que necesito ayuda viene a recogerme y acabamos en la playa sintiendo el roce de la arena en nuestros pies, escuchando el sonido del mar agitado del norte chocar contra las rocas y viendo esos atardeceres que te envuelven con esos colores cálidos que te dejan hipnotizada. Cada vez que tenemos alguna de esas conversaciones profundas que pueden durar horas siento que mejoro algo más y abrazarla es como sentir que me vuelvo a juntar, que vuelvo a ser yo porque ella une todas mis grietas y, por un momento, desaparecen.

Claudia Barreiro Salas

# ENTRE COMPASES

El sol se escondía por el horizonte de la ciudad, el frío se colaba por las calles y la lluvia golpeaba el asfalto con furia. El olor a tierra mojada y carretera recién llovida impregnaba la cara de Miguel, envolviéndolo en una mezcla de frescura y melancolía. Llegaba tarde al concurso de talentos, sus pasos se aceleraron con cada segundo que perdía. Irrumpió velozmente en el edificio, generando el silencio de una iglesia en la sala. Con la cabeza ligeramente inclinada, Sofía se aproximaba al micrófono del escenario. Bañada por una luz tenue comenzó a cantar. Miguel sintió como la voz de Sofía llegaba a su alma, provocándole un estremecimiento que le erizó la piel y le dejó sin aliento. Al terminar la actuación de Sofía, Miguel se acercó rápidamente a las escaleras del escenario. Con el frío invadiendo su cuerpo y gotas cayendo por su cara, comenzó a tocar el piano. Sus manos, moviéndose solas por las teclas, invadieron el corazón de Sofía. Tras finalizar, el juez entregó las votaciones pasando por alto el talento de Miguel. En ese instante, una bajada de escalas en su corazón reflejó la decepción que lo invadió. Al no ser reconocido su talento, con paso rápido y mandíbula tensa se dirigió furioso hacia la salida, golpeando con fuerza las puertas de la sala. Sofía intentó encontrar un momento para dialogar antes de que la armonía se desvaneciera, pero el compás de la situación no le concedió la oportunidad.

El sol, escondido del todo, dejó espacio a la luna que iluminaba la noche siguiente. Con olor a vainilla y la luna alumbrando su cara, Sofía se adentró en una cafetería. En su interior se encontraba una chimenea que desprendía calor y generaba un olor hogareño, el suelo de madera sonaba a cada paso que se daba crujiendo como ramas secas pisoteadas en un sendero otoñal. El lugar estaba acompañado de un ligero sonar de piano que fluía de las manos de Miguel. Con un café *latte* en la mano, Sofía miraba con ojos de admiración su talento. Se sintió transportada a un lugar tranquilo al escuchar al pianista, como si cada nota de su música la llevara a un campo de paz y tranquilidad, sentía el viento moviendo su pelo y un suave aroma a lavanda por cada nota que él tocaba.

Cerró los ojos por un instante y al abrirlos de nuevo Miguel ya no se encontraba en el lugar. Sofía sentía una atracción sutil hacia él, como si cada acorde que tocaba despertara su interés, creando una melodía de curiosidad que resonaba en su interior. El transcurrir del tiempo trajo un silencio entre los dos, como si necesitaran de las melodías del otro para sentir esa pasión que los cautivó.

En una noche fría y de luna llena, Miguel descubrió un bar que olía a vainilla y se llenaba de la melodiosa voz de Sofía haciendo un ambiente acogedor. Miguel sintió renacer la llama de la pasión que le generó la voz de Sofía en el concurso de talentos. A su vera se encontraba un piano y, sin pensárselo, Miguel subió al escenario y acompañó la melódica voz de Sofía con el arpegio de las teclas del piano. Ambos cerraron los ojos y sus corazones latieron a la vez, haciendo la percusión de las melodías que generaban.

Al terminar, se miraron a los ojos y fue como si ninguna de las dos pudiera despegar la mirada del otro, como si estuvieran hablando a través de la pupila. Sus pensamientos se iban fundiendo al mismo tiempo que lo hacían los aplausos del lugar.

Yeray López Angove

# FAMILIAS ARREBATADAS

Mis padres son bastante mayores y más aún en comparación con las familias de mis amigos. Tienen casi la edad de los abuelos de ellos. De los míos, lo único que queda es la casa del pueblo. Domingos como hoy mi padre insiste en ir. Se preocupa mucho porque el huerto se pueda echar a perder.

Solemos pasar la mañana allí y, cuando papá vuelve canturreando del campo, comemos juntos en la mesa redonda del salón. A pesar de que intentamos mantener la casa limpia es inevitable el olor a madera vieja de los muebles y el polvo de la moqueta.

La sala se inunda con el olor de la olla caliente según esta se acerca a la mesa.

—La sopa está muy buena mamá.

—Gracias, cielo. He utilizado patatas del huerto.

—¿Veis como tanto esmero en la tierra da sus frutos? Por eso es importante seguir viniendo, aunque ya no esté la abuela.

Pienso en cuánto la echo de menos. La sopa de mi madre está genial, pero los guisos de mi abuela eran insuperables. Yo era muy pequeño cuando se fue.

—Papá, ¿cómo era la casa cuando tú y los abuelos vivíais aquí?

—Sólo estábamos la abuela y yo. Recuerda, hijo.

—Cielo ya sabes que el abuelo murió joven.

—Sí, mamá. ¿Fue él quien consiguió esta bonita casa?

De pronto, silencio. Mis padres se miran entre ellos.

—¿A qué vienen todas estas preguntas, hijo? —dice papá suspirando.

—Creíamos que ya habías salido de la edad de la curiosidad —añade mamá vacilando para cortar el hielo.

—Son cosas que nunca me habéis comentado. Yo sólo pregunto.

—Hijo, es más complicado que eso.

—Cariño, tal vez ha llegado la hora de comentarle a Zico —dijo agarrándole la mano a papá.

—¿Comentarme qué?

De nuevo, silencio. Entre miradas y gestos, mis padres se hablan. Comienzan a preocuparme estas extrañas reacciones.

—Pero ¿hay algo que deba saber?

—Sí, hijo.

—Tal vez ya sea necesario cariño. Cuéntaselo —dice mientras asiente con la cabeza.

Miro atento a mi padre. Se frota la barba mientras mantiene la cabeza en alto. Mi madre le acaricia la espalda y el hombro. Vuelve a bajar la mirada a la mesa.

—Está casa pertenecía a la familia Meyer.

—Pero sí ese es tu apellido papá, de hecho, mi apellido.

—Cielo, déjale continuar.

—Ese es el apellido que la abuela adoptó tras ser acogida por la pareja de ancianos campesinos que aquí vivían. Vino sola y embarazada de mí.

—¿Y el abuelo? ¿Por qué no estaba con ella?

—¡Zico! —exclama mi madre mientras tiende las manos hacía el frente bruscamente.

Mi padre tranquiliza a mi madre. Se sirve un vaso de agua y prosigue.

—Es normal que te surjan dudas, Zico. Para ese entonces tu abuelo ya había muerto. Al menos eso creía la abuela, pues había sido enviado al campo de concentración Ravensbrück y no volvió a saber de él.

—¿Los abuelos eran judíos?

—Somos judíos, hijo mío. Somos judíos. Por eso la abuela se vio obligada a adoptar otro apellido en un intento de evitar más vejaciones o acabar ella también en un campo de concentración.

Algo en mí se detiene. Desconocía que el genocidio del Holocausto hubiera dejado marca hasta en mi propia familia. Los ojos se me ponen vidriosos, pero trato de contenerme para no interrumpirle más.

Mi padre se levanta de la mesa y se dirige a la cómoda de cerca de la puerta. Tras un abrir y cerrar de cajones que se atascan, vuelve con una pequeña caja.

—Esta cajita era de tu abuela. ¿Quieres ver al abuelo?

A falta de palabras, asiento levemente con la cabeza. Suena el metal de la tapa y me pasa una foto en blanco y negro un tanto deteriorada.

—Esta es la única foto que tu abuela conservaba. Son ellos dos juntos en 1931.

No puedo contenerme más. Empujo la silla atrás y me apuro a abrazar a mi padre. Mi cara deja lamparones húmedos en su jersey de lana.

—Me gustaría haber conocido al abuelo.

—Lo sé, hijo, lo sé. A mí también.

María Luna Muñoz del Castillo

# FUGAZ

He tardado años en entender lo bonito de lo efímero. He pasado días, meses y años sufriendo. Sufriendo por perder a alguien importante, por un daño que me han hecho, por el daño que me he hecho, por una situación dura, por una enfermedad de mierda. He pasado mucho tiempo de mi vida sufriendo por estar sufriendo, he sufrido por pensar que el dolor nunca acabaría, he sufrido por mí y por los demás, he sufrido por tonterías. He pasado la mitad del tiempo de mi vida sufriendo por retroalimentar la idea de que debo estar triste, que es mi estado natural y que es como debo estar.

Al final, todo esto cambió. Pero... ¿cuándo cambió? O, mejor dicho, ¿cuándo cambié? Todo fue distinto cuando me di cuenta de que no sirve de nada vivir en un bucle continuo, que no sirve de nada pensar que vas a sentirte así toda la vida, porque todo es efímero. Será triste para algunos, pero para mí es bonito.

Lo bonito de lo efímero es valorar lo que tienes porque un día aprendiste que cuando pierdes algo es tarde para valorarlo.

Lo bonito de lo efímero es disfrutar de ese compañero de clase que te hace reír, aunque sepas que algún día no le volverás a ver.

Lo bonito de lo efímero es estar triste sabiendo que el dolor no es para siempre.

Lo bonito de lo efímero es que ya no te comes tanto la cabeza con esa situación difícil porque esa situación va a acabar y, si ya es difícil afrontarla de por sí, peor es si te pasas el día pensando que todo es una mierda.

Lo bonito de lo efímero es que ya no sufres tanto por ese daño que te han hecho porque sabes que algún día no será más que un recuerdo.

Lo bonito de lo efímero es que sabes que la felicidad tampoco es para siempre, por lo que valoras muchísimo más cuando la sientes.

No sirve de nada sufrir de más cuando todo pasará. No vas a estar triste toda tu vida, ni tampoco contento. No vas a estar toda tu vida llorando por esa persona a la que acabas de perder. No vas a perder el tiempo en preocuparte por el futuro porque ya lo hiciste una vez y te arrepentiste de no haber disfrutado el momento. Porque, como ya he dicho, todo es efímero y, cuando te das cuenta, aprendes. Aprendes a valorar muchísimo más esa amistad, ese momento, ese abrazo, esas risas, esa broma. Aprendes a saber que debes sufrir lo justo y necesario porque no merece la pena perder el tiempo en eso.

No sirve de nada pasarte la vida lamentando que algo que ahora tienes en un futuro se acabara, lamentando algo que pasó en el pasado y ya no se puede cambiar. Y, por eso, darte cuenta de lo efímero que es todo es algo bonito. Porque te limitas a vivir tu presente, a no malgastar el tiempo que tienes.

Yo ya no encuentro pena en lo efímero, encuentro aprendizaje, el valor del tiempo. Eres el dueño de tu vida y tú decides como pasar esta. Nunca te limites a sufrir por todo, porque te vas a arrepentir.

Debes encontrar lo bonito de lo efímero.

Nayra Pardo Fernández

# METANOIA

Desquebrajándose en pedazos mi alma está.

Me hallo en plena oscuridad, cielos grisáceos, anhelos infinitos, secretos inconfesables y un dolor en el pecho que me impide respirar.

Me encuentro rodeada, todo es borroso, mis manos tiemblan y mi cuerpo se aflige.

¿Hay alguna posibilidad de que pueda escapar?

Siento todas las miradas puestas en mí, pero nadie me está mirando.

Mi mente da vueltas y vueltas, me estoy mareando. La angustia me devora, me irrumpe en cada poro de mi piel, en cada movimiento, cada micro instante de mi existencia. Todo se resume en angustia.

Quiero huir, tengo pánico, nadie me nota, no consigo gritar, mi voz rota y ese grito ahogado que siento, pero no consigo expresar, lo siento muy dentro de mí, en cada arañazo que hace sangrar mis cuerdas vocales.

La impotencia me ha consumido. La vista se me nubla de gotas saladas que caen como torrentes, desatan mi intranquilidad, es un constante estado de ansiedad, no lo puedo evitar.

Saco y hundo mi pecho en un intento de relajación, el corazón se acelera, empiezo a hiperventilar; los pulmones, antes vacíos, se llenan de un aire que no pueden retener, no consiguen hacerse con él.

Voy perdiendo la batalla, mis partes se arrastran temblorosas hacia ese ápice de esperanza que cada vez encuentro más desolador.

Juro que lo he intentado, lo juro, pero no puedo remediarlo.

Me estoy debilitando, no logro resurgir. Me marchito. El color de mi piel va desapareciendo.

La oscuridad cada vez ocupa más espacio. Todo termina. Me muero.

Lucía Cañizares Martín

# SI MI HISTORIA HUBIESE SIDO ESCRITA

Abro los ojos otro día más con las quejas de mis compañeras y algún que otro ruido de maquinaria de fondo. Me levanto forzosamente, ya que apenas tengo espacio para dar un par de pasos, y mi peso cada día me dificulta más. Me limito a ver lo mismo de siempre, lo único que conozco, la misma nave lúgubre y las mismas caras largas.

Levanto la mirada hacia mi compañera de enfrente suplicando encontrar la suya también. Sus ojos ya no son los de antes, desprenden un terrible vacío, la soledad se está apoderando de ella. Lleva más tiempo aquí que yo y las dos sabemos que dentro de unos días llegará su hora o, tal vez, la muerte se apodere de ella antes de que llegue el momento.

Todas estamos en jaulas del tamaño de nuestro cuerpo. Nunca salimos, no sé si mis piernas serían siquiera capaces de dar unos cuantos pasos. No recuerdo la última vez que me bañé, ni la última vez que disfruté de un rayo de sol, ni siquiera la última vez que respiré aire limpio y puro. Vivimos con un penetrante olor putrefacto del conjunto de todos nuestros desechos fecales, no tenemos otra opción que soltarlos en las propias jaulas.

Día tras día lucho por mantenerme de pie en un encierro donde apenas puedo moverme. Día tras día veo cómo alguna de mis compañeras yace sin vida en el suelo y horas después se la llevan sin piedad alguna. Día tras día soy obligada a ingerir comida de mierda para ganar todo el peso posible. Día tras día sueño con ver la luz del sol una última vez. Día tras día me preguntó si despertaré de esta pesadilla.

Todos los días son igual de monótonos: despertarse, comer, comer más, tumbarse, comer, defecar y vuelta a dormir. Ya no sé ni en qué día vivo ni cuánto llevo aquí, a veces hasta dudo si de verdad estoy en un trance constante.

Un día sucede algo diferente. Estoy levantada como cualquier otro día y, de pronto, algo frío y desagradable se introduce bruscamente en mi interior. Me quedo petrificada y el mundo lo hace también, el barullo constante se distorsiona con un silencio ensordecedor provocado por el impacto. Mi mirada se emborrona y mi cuerpo deja de respirar. Acto seguido, reacciono y comienzo a gritar y agitarme con todas mis fuerzas. En el fondo sé que no voy a conseguir nada, estoy atrapada en una jaula sin escapatoria alguna mientras ellos hacen lo que quieren conmigo.

La desesperación se está apoderando de mí, quiero que paren y no puedo hacer nada al respecto. Siento una presión en el pecho que apenas me deja respirar, necesito hacer algo, pero mi cuerpo cada vez está más cansado. Creo por un momento que esa sensación va a durar eternamente y que acabaré desmayándome. Sin apenas darme cuenta ya no está dentro de mí, pero el malestar sigue conmigo. Caigo rendida al suelo como un muñeco de trapo y no me muevo durante horas. Son los minutos más largos de mi vida. Por suerte no volverá a suceder.

A partir de este día todo cambia, estoy embarazada. Yo no quiero que mis hijos conozcan este macabro y despiadado lugar y menos que vivan en él, no se lo desearía a nadie, pero no hay otra opción, aquí nunca tengo opción. Me centro en pensar que, si traigo vida al mundo, traigo con ella alegría y algo de esperanza a mí miserable vida.

Nueve meses después sucede lo esperado, doy a luz. Llevo alrededor de una semana en una jaula distinta, rodeada de más embarazadas confinadas. Durante el momento del parto pienso que no lo voy a conseguir, no tengo apenas fuerzas ni espacio para tumbarme en condiciones. Pero lo hago; paro dos criaturas hermosas. Es el mejor regalo que la vida me ha podido dar. Después de tanto tiempo, por fin tengo contacto físico con alguien, siento el calor de sus cuerpecitos y su débil aliento acariciando mi piel. Los dos gimotean a la vez buscando de dónde mamar. Con sólo mirar sus tiernos ojitos mi cuerpo se tranquiliza y siento latir mi corazón de nuevo. En ese instante se me olvida por completo dónde estoy, no puedo estar más feliz. Nada de mi alrededor existe.

Tengo claro que mi vida va a mejorar a partir de ahora. Siempre me han tratado como desechable en este lugar, pero si me han dado el privilegio de traer vida significa que su percepción sobre mi ha cambiado mínimamente. Sigo estando en una jaula donde ni siquiera puedo acostarme al lado de mis hijos. Nos separan unos barrotes de hierro por los que sólo hay espacio para que les dé de mamar. Tal vez es por un tema de seguridad o por algún tema de enfermedades, nunca lo sabré, pero daría lo que fuera para que los quitaran. Al menos entre ellos pueden proporcionarse el amor que yo no puedo darles.

A través de los barrotes siempre les observo mientras duermen acurrucaditos entre los dos y no puedo evitar ponerme sentimental. También contemplo como juegan entre ellos por los sesenta centímetros cuadrados de los que disponen. Estoy algo aliviada de que me dejen amamantarlos y no les obliguen a comer la comida procesada que me dan a mí. Tengo la mínima esperanza de que cuando crezcan un poco más nos den más privilegios como salir a tomar el aire, jugar entre nosotros o, simplemente, que nos permitan dormir abrazados una noche. Ellos son el único motivo por el cual lucho por mantenerme con vida. Por la noche tengo pesadillas en las que se llevan a mis hijos a la fuerza y yo estoy petrificada sin poder moverme, aunque sé que eso nunca va a pasar. Sé que los que nos mantienen son muy crueles, pero no creo que lleguen a ese punto, la maternidad es lo más respetable e intocable que existe. Dejo de darle vueltas al tema y me dispongo a dormir.

Un agudo chillido me despierta de golpe. Lo primero que veo son unos guantes de plástico intentando alcanzar a mis pequeños. El pánico se apodera de mí rápidamente. Me levanto y comienzo a golpear los barrotes mientras chillo desesperadamente. Sus miradas de incomprensión me suplican que les salve, que ruegue porque no se los lleven, que no permita que les separen de mí, pero todo mi esfuerzo es en vano. Veo como los alejan de mí para siempre y no dejo de mirarlos a los ojos hasta que sus gigantes brazos se interponen entre nuestras miradas. Noto como mi corazón se quiebra en mil pedazos y me invade la tristeza. Todo cuanto había deseado se ha esfumado en un momento. Es tal el vacío que siento que me olvido de mi simple existencia. Sólo veo repetirse una y otra vez ese perverso momento. Millones de preguntas recorren mi cabeza sobre cómo se encontrarán en este momento. No me queda nada, nada a lo que aferrarme, nada que me mantenga con vida, nada que me brinde amor.

Ya han pasado varios días desde lo sucedido. He aceptado que nunca más les volveré a ver, sólo espero que estén bien, aunque mi intuición me dice lo contrario. No sé porque tuve esperanzas de que este lugar no fuera tan despiadado como reflejaba a simple vista.

He vuelto a mi jaula de siempre, pero mis compañeras no son las mismas. Es todo más extraño de lo normal y tengo un mal presentimiento. En el fondo me da igual lo que la vida (si se puede considerar así) me depare, ya no tengo nada que perder. Los días vuelven a ser igual de monótonos, aunque la cantidad de comida ha aumentado y cada vez somos menos. La incertidumbre me come por dentro. ¿Es este mi final o por fin despertaré de esta pesadilla?

De pronto, un día me despierto inmóvil y algo mareada. Abro los ojos como puedo, pero lo que veo me hace desear no haberlos abierto nunca. Estoy colgada con la cabeza mirando hacia el suelo. Me encuentro en una nave con luces blancas deslumbrantes que apenas me dejan observar con facilidad.

Cuando mi vista se acostumbra, mi aliento se detiene. Decenas de mis compañeras, están colgadas igual que yo en el techo.

Parecen estar dormidas, drogadas o incluso muertas. El suelo y las paredes están cubiertos de un intenso rojo vivo. En ese momento lo sé, es mi hora. Soy la única que estoy despierta y sé que eso no es algo bueno. ¿Porque a mí? ¿Qué les he hecho yo? Un golpe seco me saca de mis pensamientos. Giro tenebrosamente la cabeza, y veo cómo una de mis compañeras tiene clavada un hacha en la tráquea. La sangre sale disparada a chorros. Uno de los seres bípedos tira del hacha con fuerza, salpicando gotas de sangre en su rostro y en las paredes. La eleva bruscamente por encima de su cabeza, coge impulso y la clava de nuevo en su tráquea. Está vez lo hace tan fuerte que su cabeza cae desplomada al suelo. No siente ni una pizca de remordimiento, ya que le da una patada a la cabeza y se dispone a cortar la de al lado. Se acabó, es mi fin, y de la peor manera posible. Ojalá estuviera dormida o muerta como el resto, ellas no lo van a sentir. Cierro

los ojos con los golpes de fondo y pienso en mis hijos. He traído vida al mundo para que acaben así, degollados sin piedad alguna en una nave fúnebre y gélida. Deseo que, al menos, mueran sin dolor ni sufrimiento y que no sean conscientes de que este será su final.

En todo lo que llevo aquí nunca he entendido cómo los bípedos son capaces de hacernos esto. ¿Acaso se piensan que por que tengamos cuatro patas y pezuñas no sentimos? ¿O intuyen que ellos tienen el derecho de decidir si vivimos o no? ¿O es que son ellos los que no tienen sentimientos ni empatía? ¿Tan inútiles son que no pueden sobrevivir sin comernos despiadadamente? Yo no he elegido ser como soy y, si pudiera, desde luego que no elegiría ser uno de ellos.

No creo que pida mucho, simplemente que me dejen ser libre. ¿Qué tienen ellos que no tenga yo y marque tal diferencia en nuestra libertad? Sólo quiero correr, brincar y saltar cuanto quiera, como quiera y donde quiera; revolcarme en el césped mojado, besar a mis hijos, respirar aire limpio, dormir tranquila y vivir en paz. Creo que eso no supone un mal para nadie ha diferencia de lo que hacen ellos. Pero, en fin, ¿quién soy yo para hablar?, si a sus ojos soy un filete más, a cuatro cabezas de ser degollada. Espero que, al menos, cuando acabe en sus bocas, se replanteen si dejarían que uno de los suyos (o sus mascotas) «viviera» como lo hacemos nosotras.

Leovigilda Macanas

# NOSTALGIA NAVIDEÑA

Era un día frío y apagado. Tras acabar de poner las decoraciones navideñas que alumbran las calles con tonos cálidos con las luces, me encontraba viendo viejas fotos con mi hermana mientras que nos calentábamos con un rico bizcocho recién sacado del horno. En ese instante para mí sólo existió el eco de nuestras risas junto al aroma a jengibre y canela. Estaba en mi hogar y me sentía feliz hasta que llegaron mis padres y, con ellos, las malas noticias.

Nos empezaron a contar cómo nunca más volveríamos a comer el sabroso cocido de los domingos que preparabas con tanto amor, ni nos cuidarías por las tardes en las que, tras la comida, veíamos tu telenovela preferida mientras que de reojo observábamos cómo dabas pequeñas cabezaditas. Tampoco volveríamos a ver cómo te hacía rabiar que aumentaran cada vez más los anuncios de La 1 o que anocheciera antes porque no podías salir a pasear por las tardes; o cómo te brillaban los ojos cada vez que poníamos a Manolo Escobar y te levantabas para bailar. Y con la llegada de las primeras lágrimas llegaron los primeros copos de nieve.

En un instante pasamos de un día cálido a una estancia lúgubre.

Pasaron horas, días, semanas y yo seguía en shock, era incapaz de aceptar que te hubieras ido. Veía cómo todo el mundo salía a divertirse, ya que la nieve había cuajado, haciendo muñecos de nieve o familias tirándose con cartones por las cuestas en la superficie blanca que se había formado en las calles.

Vecinas venían a husmear qué había sucedido como si fuera un simple cotilleo de rellano. Pero no lo era, y tal pesar no debe de estar en boca de personas que, aunque den las mayores condolencias, son capaces de desgarrar la información a las espaldas como fieras feroces a la espera de una nueva comidilla para dejar de pensar en su insípida vida, y el dolor que sentía iba a ser la razón de los comentarios en el barrio por las siguientes semanas, por lo que, con la rabia acumulada por la insistencia de las señoras, decidí cerrar la puerta e inundarme en la dulce melodía que sonaba en mis cascos.

Cuánto más subía de tonalidad los pensamientos se diluían y no quedaba casi rastro de las voces que, a la mínima que me despistaba, me repetían los fallos que en algún momento pude cambiar. Me tumbé en mi cama y alcancé a ver un pequeño trozo de tejido rosa que sobresalía del armario. Decidí acercarme para asimilar qué era y, al abrir la puerta del armario, me encontré con un jersey de lana rosa tirado en el suelo. Me lo regalaste tras insistir numerosas veces que me lo quedara porque sólo comenté que me gustaba el color. Al final nunca me lo llegué a poner. Recogí el suéter del suelo y con el movimiento arrastró una fragancia a vainilla, seguía con tu aroma impregnado a pesar de llevar meses guardado. Lo abracé por unos segundos y el ligero aroma hizo que volviera a sentir como si te estuviera volviendo a abrazar de nuevo. Doblé el suéter y con delicadeza lo dejé colocado.

Ese pequeño detalle me hizo comprender cómo tu ausencia no era un fin, sino un medio natural y cotidiano que dio a la reminiscencia de aquellos momentos casi olvidados de mi infancia. Asimilé lo bueno es que vivir todos esos bonitos recuerdos que me trasmitían tanta felicidad sin ni siquiera yo saberlo. En vez de sentir pena por la ausencia de tu presencia, sentir alegría porque pude compartir mi felicidad contigo. Me asomé a la ventana y los copos habían desaparecido, no me había dado cuenta de que había empezado a destellar el sol contra el cristal reflejándose en el espejo de la mesilla y creando un arcoíris en el tocador. Entonces seguí el camino de luz hacia la silla, me recogí el pelo y me maquillé las ojeras de los últimos días, lo que me dio fuerzas para bajar a tomarme un café con mis amigos, volviendo a dejar que el eco de nuestras risas callara los pensamientos.

Marina Rodrigo Murillo

## PEDALES Y CADENAS

Siento el viento golpeando mi cara y mis ojos empiezan a lagrimar. Pedaleo con todas mis fuerzas hasta sentir que el corazón se me sale por la boca. Cierro los ojos y siento que vuelo, no hay murmullos en mi cabeza, sólo silencio y libertad. Miro los árboles de mi alrededor y admiro los pájaros que vuelan. Respiro hondo y la paz recorre mi cuerpo. En ese preciso momento no existe nada más, sólo yo y mi bici, mi bici y yo. Ahí me planteo lo frágil que es la vida. Un simple chasquido en un océano de silencio. Somos más muerte que vida, pero el poco tiempo que vivimos es extraordinario.

Solemos estar centrados en la vida cotidiana, pero una vez que abres los ojos y comienzas a pedalear empiezas a vivir. Cada quien tiene que encontrar cuáles son sus pedaladas vitales: respirar el aire fresco de las montañas, sentir los rayos de sol calentando tu piel, cantar y bailar eufóricamente hasta no poder más, apreciar el sonido de los pájaros y el silencio de la naturaleza, rodear con tus brazos a las personas que amas, reír a carcajadas toda la noche, saborear tu comida favorita una y otra vez, aspirar el aroma de las flores en primavera, sacarle un sonrisa a tu gente cercana, dar un agradable paseo en otoño contemplando las hojas caer, flotar en el agua salada al compás de las olas, sobrepasar las nubes en lo alto de una montaña, pedalear hacia el atardecer...

Esos insignificantes momentos para algunos son mi motor de alegría. Pequeños detalles finitos, pero innumerables. Una vez que encuentras tus pedales cambia tu percepción sobre la vida. Además, valoras el hecho de que nunca sabes cuándo el insignificante chasquido dejará de sonar para siempre. Pedalea cuando quieras, donde quieras y como quieras antes de que se te oxide la cadena.

Irina García Pérez

# PENSAMIENTOS NOCTURNOS

Ese momento en donde buscas tu *playlist* favorita y sacas el kit de maquillaje con brochas, polvos, sombras, etc. y empiezas a pasarte las brochas por el rostro mientras ves tu obra de arte en el espejo escuchando tu canción predilecta y pensando en lo buena que va a ser la noche.

Te vistes y sales a estar a tus amigos. Has quedado. Cuando te encuentras con ellos los abrazas como si no los hubieras visto hace unas horas en el instituto. Ahora siento el latido del corazón de la otra persona nerviosa por la noche que nos espera, aunque luego nos pasará factura y tendremos resaca al día siguiente.

Empiezas a caminar observando la emoción de los demás mientras vamos a la discoteca. Ves lo felices que están tus amigos y piensas en todo lo que has pasado esa semana con exámenes, pruebas, prácticas y discusiones con los profesores, que nunca faltan. Después llegas al sitio, empiezan a poner música y comienzas a bailar con tus amigos. Estás feliz y nada puede ser mejor. Entonces empiezas simplemente a vivir el momento.

Llegan las dos, las tres, las cuatro, las cinco y las seis y, por obvias razones, las seis es cuando tenéis que volver a casa y ese es el momento más fuerte donde tienes que despedirte de tus amigos: les das un abrazo, un puño o dos besos, pero todos tenéis que partir cada cual por su lado. Unos cogen el Metro o la Renfe y otros simplemente se van caminando, pero llega ese momento donde nos tenemos que separar y tomar caminos diferentes y eso te plantea algo; a veces la gente en tu vida no siempre se va a quedar en ella, sino que empiezan a tomar caminos distintos, como en mi caso.

Yo tenía un grupo de amigos en el que todos éramos una piña y formábamos la mejor clase del mundo, pero, claramente, fuimos creciendo. Unos estamos en España, otros en Estados Unidos y otros en nuestro lugar de comienzo; República Dominicana. Te planteas eso mientras caminas hacia tu casa con los cascos puestos escuchando tus pensamientos: «¿Quién no ama pensar de noche en la calle?». Continúas planteándote lo efímeras que son las cosas en la vida y por eso siempre he sido partidaria de que hay que vivirlas en el momento, porque no sabes si mañana vas a tener otra oportunidad de ver a esos amigos o si vas a ser lo suficientemente joven como para beber y no estar de resaca tres días o tienes un montón de cosas que hacer. Por eso es bueno vivir el momento, porque las cosas son tan efímeras que nunca sabes en qué instante vas a dejar de tenerlas.

Vivir en el pasado no está mal porque los seres humanos vivimos de los recuerdos. ¿Qué somos nosotros sin los recuerdos? Pero, al mismo tiempo, vivir en el pasado no te permite vivir el presente, y lo mismo pensando en el futuro. Si piensas siempre en el futuro te olvidas de que estás en el presente.

De repente, vuelvo a la realidad. Llevo las llaves en la mano, me doy cuenta de que estoy llegando a casa y, ¡puf!, vivir en un cuarto piso sin ascensor es un poco difícil. Me quito los tacones y voy subiendo las escaleras. Llego arriba y abro la puerta. Voy al baño y me lavo la cara, me quito la ropa y me tiro a la cama a dormir.

Me levanto al día siguiente y pienso, mirando al techo, la noche que he pasado. Entonces, por un momento, me olvido de todo lo malo que he pasado en esa semana y pienso que, a veces, aunque no veas el final del túnel, siempre hay un final.

Franyeli Then Sánchez

# RESILIENCIA EMOCIONAL: LA SINFONÍA DE SARA

Enclavada en un pintoresco pueblo, Sara se convirtió en la personificación de la resiliencia, un concepto que tomó vida en los matices más profundos de sus emociones. Desde los primeros embates de la vida, donde la pérdida y los desafíos la envolvieron en sombras, hasta la llegada de una enfermedad que arrancó pedazos de su mundo, Sara experimentó emociones intensas, pero encontró en su resiliencia un faro que iluminó los rincones más oscuros de su ser.

Cada lágrima derramada ante la tragedia se convirtió en una muestra tangible de su capacidad para resistir, pero también en un reflejo de la tristeza que se anidó en su corazón. Sin embargo, la resiliencia no fue simplemente un escudo protector, fue un catalizador que transformó la tristeza en fuerza, las lágrimas en testimonios de coraje.

El paso del tiempo no diluyó el torrente emocional que acompañó sus desafíos. En una encrucijada profesional, donde la incertidumbre amenazaba con ahogar sus sueños, Sara experimentó la ansiedad de lo desconocido. Pero, dentro de esa ansiedad, la resiliencia actuó como un motor de determinación, infundiendo sus días con una mezcla de temor y valentía. La mujer que enfrentó pérdidas y enfermedades aprendió a navegar por las emociones tumultuosas, transformándolas en combustible para su renacimiento personal.

La reconstrucción de su carrera fue un viaje que desencadenó emociones encontradas: desde la frustración hasta la euforia. Cada pequeño logro resonó con una satisfacción profunda, mientras que los reveses desencadenaron dudas y decepciones. Sin embargo, la resiliencia, como una llama ardiente en su interior, mantuvo viva la chispa de la esperanza y la determinación.

Con el tiempo, Sara emergió, no sólo como una superviviente, sino como una protagonista de emociones poderosas. Su historia, compartida con valentía, evocó simpatía y admiración en quienes la rodeaban. La resiliencia, lejos de ser sólo una palabra, se convirtió en un eco emocional que resonaba en cada encuentro, recordándoles a otros que, incluso en los momentos más oscuros, la capacidad de resistir y renacer está arraigada en nuestras emociones más profundas.

La palabra «resiliencia» dejó de ser un término abstracto y se convirtió en una sinfonía de emociones en la vida de Sara. En su pequeño pueblo, cada rincón llevaba la huella de las lágrimas superadas y los triunfos emocionales. La resiliencia, tejida en la trama de sus vivencias, fue una melodía de coraje, perseverancia y, sobre todo, la redención emocional que transformó, no sólo su historia, sino también la manera en que las emociones y la resiliencia se entrelazan en el tejido mismo de nuestras vidas.

Sara Maestro Pardeiro

# TORMENTA

Caminaba sola por las calles desiertas sumida en mis pensamientos mientras el ruido de mis pasos y el viento dibujaban el camino en cada paso que daba. No era la primera vez que me encontraba en esta situación, pero cada vez parecía encandilarme más. La ciudad se sumergía en la noche y en la oscuridad mientras yo me perdía en aquel estremecedor conjunto de sonidos y emociones.

Las tormentas del norte anunciaban su llegada haciéndose notar con fuerza. El cielo se oscurecía y las gotas de lluvia invitaban a refugiarse en el calor del hogar.

Allí, bajo el manto gris de nubes amenazadoras, dejé que la lluvia golpeara con fuerza las ventanas de mi refugio. El sonido era hipnótico y embriagador, una melodía que se entrelazaba con los truenos retumbantes que hacían vibrar hasta lo más profundo de mi acogedora habitación. A medida que la tormenta se hacía más profunda sentía como aquel calor de la lumbre encendida invadía cada rincón de la estancia, esto provocaba que mis pensamientos se desvanecieran y me sumergiera en un estado de calma y paz.

El vino blanco siempre había sido mi fiel compañero en los momentos más íntimos y personales de mi vida. Era como un lienzo en blanco que esperaba ser adornado con detalles y colores sutiles. Decidí pintar mi propio cuadro en medio de la penumbra y, con una luz tenue que apenas dejaba entrever los contornos de mi creación, la copa de vino blanco se convirtió en mi pincel trazando líneas suaves y elegantes sobre el lienzo. Cada sorbo, cada trazo, un suspiro de ese instante plasmado en algo físico.

Y, allí, frente a un cuadro incompleto, con una luz tenue y una copa de vino blanco, hallé la fuerza para seguir pintando mi vida con los colores, haciendo que mis pensamientos siguieran volando libres como el viento que hacía que las gotas de lluvia chocaran en los cristales.

Ana Serrano Pérez

# UN DÍA PERFECTO

¡Titititi, titititi, titititi! Las seis. Venga, a levantarse. Bueno, un par de minutos más… ¡Arriba!

Bajando las escaleras para ir a la cocina ya noto entre las piernas a una de las gatitas que también desciende conmigo. La otra me espera porque duerme en uno de los sofás del salón.

Mientras me preparo el café y pongo la tostada en el tostador les doy las golosinas a las mininas. Una, como siempre, se come las de las dos. Bueno, a la otra no le importa.

Todo listo: tostada con mermelada y mantequilla y café con leche. Con el depósito lleno hago mi tabla de ejercicios de estiramiento (estoy algo oxidado ya).

Escaleras arriba, a la ducha calentita. ¡Mola! Hoy no toca afeitarse. Mejor. ¡Qué pereza!

Me visto de paisano y bajo al garaje a ponerme mi disfraz de motero. Todo en su sitio. Me monto en mi máquina, arranco y ya noto la potencia de la bestia recorriéndome el cuerpo. Esto sí es energía. Estoy listo para todo. Parto calle arriba hacia la autovía mientras enrosco el puño y la moto ruge de felicidad. Ya en la autovía paso a los coches como si estuviera en un videojuego: izquierda, derecha, izquierda, derecha, mientras *Iron Maiden* retumba en mi cerebro. Da igual el frío o el calor, yo tengo el control.

Ya en el instituto siento que va a ir todo bien. Estoy con mis criaturas, unas más especiales que otras, pero las quiero a todas. Ya me encuentro en mi ambiente. La mañana transcurre frenética: sube escaleras, baja escaleras, soluciona conflictos, manda correos… ¡Uf! Pero, al final, llega la salida.

Hablo con la chavalería desde mi «puesto de mando» en la barandilla de las escaleras. Charlamos, me cuentan cosas, les cuento cosas y me despido de ellos hasta el día siguiente.

—Adiós, *teacher*.

—Adiós. Sed buenos.

De nuevo, el momento deseado, cabalgar en mi fiel montura roja y negra. La vuelta presenta la carretera más despejada que por la mañana. A ver si bato el récord. En la larga recta de la A-6 a partir de Las Rozas abro gas: 160-180-200…215 kilómetros por hora. No, hoy tampoco lo bato, no se dan las condiciones de tráfico adecuadas.

Por fin en casa. Saludo a mi María Antonia, comemos y charlamos.

—¿Qué tal te ha ido?

—Bien, muy bien. ¿Y a ti?...

Se recoge la mesa y llega otro momento espectacular. Es el momento de la lectura diaria y, si se da el caso, de una siestecita.

Tres seres en el sofá: mis gatitas y yo. ¡Qué tranquilidad!

¡UN DÍA PERFECTO!

Jorge Mateos Enrich